Käpten Speedy
Mister Fix
Käpten Bunsby
Colonel Proctor

Dieses Buch
gehört

....

....

Entdecker

In 80 Tagen um die Welt

20.000 Meilen unter dem Meer

Lingoli

Eine Idee von ANDREA DAMI

Lingoli® ist ein eingetragenes Warenzeichen
und erscheint im Lingen Verlag, D-50679 Köln

Printed in China.

www.lingoli.de

INHALT

Jules Verne

In 80 Tagen um die Welt

Mein Name ist Jean Passepartout. Ich bin Franzose und von Beruf Diener. Weil in meiner Heimat Frankreich ein Bürgerkrieg tobte, zog ich nach England. Hier, dachte ich, fände ich eine ruhige Anstellung, aber ich erlebte die wohl aufregendste Reise meines Lebens.

Ich reiste in nur 80 Tagen um die Welt …

Ich hörte, dass ein sehr ruhiger Gentleman, der ganz allein ein großes Haus Mitten in London bewohnte, einen neuen Diener suchte. Also stellte ich mich am Morgen des 2. Oktober 1872 bei Phileas Fogg vor. Mister Fogg bat mich herein und stellte mir einige Fragen.
Dann sagte er knapp: „Gut, Passepartout, Sie sind eingestellt. Ich gehe nun, wie jeden Tag, in den Club zum Essen. Ich werde um Punkt acht Uhr heute Abend zurück sein. Hier haben Sie eine Liste mit Dingen, die Sie zu beachten haben.“ Und er fügte streng hinzu: „Am wichtigsten sind mir Pünktlichkeit und Genauigkeit!“
Ich nickte und dachte: „Eine Stellung, wie ich sie mir vorgestellt hatte – schön ruhig.“
Mister Fogg verließ das Haus und ging zielstrebig in den Club …

Nur einen Tag zuvor wurde die Bank von London ausgeraubt. Der Dieb erbeutete ein Vermögen – 55.000 Pfund. Ein unfassbarer Raub für den Bankdirektor John Sullivan und seinen Geschäftsführer Gauthier Ralph. Sofort wurde Scotland Yard mit dem Fall betraut. John Sullivan wollte nichts unversucht lassen, den Räuber zu fassen, also sollte noch zusätzlich ein Privatdetektiv an diesem Fall mitarbeiten.
Mister Fix stellte sich in der Bank vor und berichtete von beachtlichen Erfolgen, die er als Meisterdetektiv gehabt habe.
Der Bankdirektor war von Fix begeistert und bot ihm eine Belohnung von 2.000 Pfund, wenn er den Dieb fassen würde.

Als Mister Fogg, wie jeden Mittag, pünktlich um zwölf Uhr den Club betrat, waren auch der Bankdirektor Sullivan und sein Assistent Ralph dort. Außerdem traf Mister Fogg hier den Ingenieur Andrew Stuart, Sir Samuel Fallentin und Mister Thomas Flanagan. Nach dem Essen spielten sie jeden Tag zusammen Karten. So auch heute.

„Ich glaube nicht, dass man den Dieb schnappen wird", sagte Stuart. „Die Welt ist groß. Wer weiß, wo er jetzt bereits ist!"

Fogg warf ein: „So groß ist die Welt nun auch wieder nicht!"

„Wie meinen Sie das?", fragte Flanagan erstaunt.

„Stimmt", bestätigte Sir Fallentin. „Ich habe gelesen, dass man in 100 Tagen um die ganze Welt reisen kann."

Die anderen lachten laut und riefen: „Das ist unmöglich!"

„Ich schaffe das in 80 Tagen!", widersprach Fogg. „Und nun lassen Sie uns weiter Karten spielen, meine Herren."

„Ich wette 10.000 Pfund, dass Sie es nicht schaffen!", sagte Flanagan.

Mister Fogg lächelte. „Ich wette 30.000 Pfund, dass ich es schaffen werde! Und die Reise geht noch heute Abend – neun Uhr – los!"

Die Herren waren sprachlos, im Grunde kannten sie Phileas Fogg kaum. Keiner wusste, womit er sein Geld verdiente. Nur seine Art, überall pünktlich auf die Minute zu erscheinen, wurde oft belächelt. Die Gentlemen zögerten kurz, doch dann schlugen sie ein und die Wette galt.

Phileas Fogg machte sich auf den Heimweg.
„Passepartout, packen Sie ein paar Sachen zusammen, wir unternehmen eine Reise!“, rief Phileas Fogg, als er das Haus Punkt acht Uhr betrat. „Und beeilen Sie sich, der Abendzug nach Dover fährt um Punkt neun Uhr.“
„Was für eine Reise, Sir?“, fragte ich völlig verwirrt.
„Wir reisen in 80 Tagen um die Welt“, erwiderte Fogg kurz.

Oh nein, ich hatte mich doch gerade auf ein ruhiges Leben gefreut! Es half nichts. Wenn ich die Stellung behalten wollte, musste ich packen.
„Hier, Passepartout, nehmen Sie das Geld und passen Sie gut darauf auf“, sagte Fogg und reichte mir ein Bündel Banknoten – es waren 25.000 Pfund.

Mir wurde ganz mulmig bei dem Gedanken, mit so viel Bargeld auf eine Reise zu gehen. Aber ich nahm das Geld, packte es in die Reisetasche und schwor, darauf aufzupassen wie auf mein Leben.

Eiligst fuhren wir mit einer Kutsche zum Londoner Bahnhof. Hier herrschte ein furchtbares Gedränge. In letzter Minute schafften Mister Fogg und ich es, in den Zug zu steigen. Damit fing unsere Reise an: Die erste Station war der Hafen von Dover. Mister Fogg erklärte, dass wir von dort aus mit dem Schiff nach Calais, also nach Frankreich übersetzen wollten …

Zur gleichen Zeit in London:

Die Wette, die Phileas Fogg mit den anderen Gentlemen eingegangen war, wurde sogar mit seinem Bild in der Zeitung abgedruckt. Daraufhin meinte ein Bankangestellter, den Bankräuber in Mister Fogg wiederzuerkennen. Zunächst wollte das keiner glauben, aber dann hielt man es doch für möglich, schließlich hatte Fogg ein Vermögen in seiner Wette eingesetzt. Sofort wurde der Detektiv Fix nach Brindisi, in Italien, geschickt, weil man sich sicher war, dass Mister Fogg und ich diese Stadt ansteuern würden.

Doch wir gingen zunächst in Frankreich an Land und schlugen den Landweg nach Italien ein. Über einige Umwege kamen auch wir schließlich in Brindisi an ...

Erst viel später sollten wir erfahren, dass Fix uns im Hafen von Brindisi aufgelauert hatte. Fix wollte alles tun, um Mister Fogg zu verhaften, nur leider fehlte ihm dazu der nötige Haftbefehl von Scotland Yard. Also machte er Meldung an den Bankdirektor nach London, dass er sich an Foggs Fersen heften wolle und begab sich heimlich an Bord des gleichen Schiffes, mit dem wir weiterreisten … Schon einige Stunden später waren wir auf hoher See in Richtung Ägypten. Suez war unsere nächste Station.

Im Hafen von Suez angekommen, hatte Fix es eilig. Er ging zur englischen Botschaft.

„Verehrter Botschafter, soeben ist ein gesuchter Bankräuber in Suez eingetroffen“, trug Fix dem Botschafter vor und drängte: „Sie müssen ihn sofort verhaften lassen.“ Nach längerem Hin und Her war der Botschafter bereit, mit zum Hafen zu kommen, aber dort angekommen, konnte Fix Mister Fogg in dem Menschengetümmel nicht mehr ausmachen und musste verlegen die Suche aufgeben …

Mister Fogg und ich waren längst von Bord und ich sollte mich um neue Kleidung kümmern. Schließlich war es hier in Ägypten viel wärmer als in England. Ich ließ den Hafen hinter mir und gelangte bald auf den großen Bazar von Suez. Was für ein Zufall – hier lief mir Fix über den Weg. Nur stellte er sich mir nicht als Detektiv, sondern als englischer Händler vor.

Er bot mir seine Hilfe an, was ich ausgesprochen nett fand. Wie gesagt, von dem Vorhaben, Mister Fogg zu verhaften, erfuhr ich nichts.

Ich hatte nicht viel Zeit, denn bald würde die ‚Mongolia', unser Schiff nach Bombay, ablegen. So hastete ich mit meinen Einkäufen zurück zum Hafen und ging sofort an Bord.
„Wieder so eine langweilige Seereise", dachte ich. Da sah ich, wie Fix auch an Bord kam und war hoch erfreut.
Phileas Fogg verbrachte die meiste Zeit unter Deck in seiner Kabine mit Lesen oder spielte Karten im Salon mit anderen Passagieren. So waren die Unterhaltungen mit Fix für mich eine willkommene Abwechslung und ich erzählte ihm von der tollkühnen Wette, die Phileas Fogg in London abgeschlossen hatte und unseren Abenteuern, die wir bis jetzt erlebt hatten. So verging die Zeit viel schneller und endlich erreichten wir Indien.
Wir gingen in Bombay an Land. Mister Fogg wollte sich für die Weiterfahrt um die Zugkarten kümmern und ich sollte noch etwas Proviant besorgen.
„Passepartout, wir treffen uns in genau einer Stunde am Bahnhof und fahren von dort aus nach Kalkutta", sagte Mister Fogg und verschwand.
Indien – hier war alles noch fremdländischer als in Ägypten. Sogar die Luft hatte einen eigenartigen Geruch von den vielen Räucherstäbchen, die überall aufgestellt waren.

Auf meinem Weg durch Bombay kam ich an einem prächtigen Tempel vorbei. Den wollte ich mir unbedingt von innen ansehen. Ich wusste ja nicht, dass es nur Hindus gestattet war, ihn zu betreten. Blitzschnell packten mich drei Wächter des Tempels und beschimpfen mich. Leider konnte ich sie nicht richtig verstehen, was sie noch wütender machte.

Die drei zerrten an mir herum und drohten mit ihren Fäusten. Es gelang mir, mich loszureißen und wegzulaufen.

Den Einkauf konnte ich vergessen, dafür war es jetzt zu spät. Durch die engen Gassen Bombays bahnte ich mir den Weg zum Bahnhof und sprang in letzter Sekunde mit Mister Fogg auf den Zug nach Kalkutta.

„Du meine Güte, fast hätten wir den Zug verpasst!“, tadelte er mich. „Dass Sie aber auch nie auf die Uhrzeit achten, Passepartout!“

Auf der Fahrt erholte ich mich von meinem Schrecken und zwischenzeitlich lernte Mister Fogg Sir Francis Cromarty kennen, einen vornehmen Herrn, der schon lange in Indien lebte.

Das Rattern der Zugräder ließ mich einschlafen.

Ein plötzlicher Ruck und das Kreischen der Bremsen rissen mich allerdings schon bald wieder aus dem Schlaf. Der Zug hielt an.

Sir Cromarty stieg aus, um nachzusehen. „Die Schienen sind zu Ende!“, teilte er uns mit.

„Oh nein, nicht schon wieder Hindernisse!“, beschwerte sich Mister Fogg.

Das bedeutete, dass wir zu Fuß unseren Weg fortsetzen mussten. Nach einem zweistündigen Marsch in der Hitze Indiens gelangten wir in ein kleines Dorf.
Wo auch immer ich nach einer Kutsche fragte, erhielt ich immer die gleiche Antwort: bereits unterwegs. Es stand also kein geeignetes Transportmittel für unsere Weiterreise zur Verfügung und ich war völlig verzweifelt.
Da tippte mir jemand auf die Schulter und die Stimme eines fremden Jungen sprach zu mir: „Master, Ihr wollt weiterreisen? Dann nehmt mich und meinen Elefanten."
Mister Fogg staunte doch ziemlich, als er mich mit dem Jungen und seinem Elefanten sah: „Etwas außergewöhnlich, Passepartout, aber besser als nichts. Dann kann es ja weitergehen!"
Sir Cromarty hatte den selben Weg und weil wir noch Platz auf unserem neuen Reisegefährt hatten, schloss er sich uns an. Sanft schaukelten wir auf dem Rücken des Elefanten und setzten so unsere Reise durch den Dschungel fort.
Auf einmal hörten wir fremde Klänge und Gesang. Vor uns durchschritt eine Schar von Menschen den Dschungel. Sir Cromarty wusste augenblicklich, um was es sich handelte: „Das ist ein Totenzug. Der Radscha von Bundelkhand ist gestorben. Sein toter Körper wird nun auf einem Scheiterhaufen verbrannt."
Mister Fogg entdeckte eine wunderhübsche junge Frau, die von zwei Wachen hinter dem Totenwagen geführt wurde. „Wer ist das?", wollte er wissen.

„Das ist seine Frau, Prinzessin Auda! Sie wird mit ihrem verstorbenen Mann verbrannt, das verlangt eine alte Tradition in Indien“, sagte Sir Cromarty leise.

„Das ist ja entsetzlich. Wir müssen sie retten!“, rief Phileas Fogg außer sich vor Zorn.

„Nein, wir dürfen uns nicht einmischen“, entgegnete Sir Cromarty und hielt Mister Fogg zurück. Bestürzt sahen wir zu, wie die junge Frau auf den Scheiterhaufen gesetzt wurde. Die Musik und der Gesang verstummten. Schon kamen Männer mit Fackeln und legten Feuer unter dem Scheiterhaufen.

„Keine Sorge, Mister Fogg, ich habe einen Plan!“, versicherte ich und verschwand.

Überall war schon dichter Rauch, das war meine Chance. Ich sprang auf den Scheiterhaufen und nahm das Mädchen auf meine Arme. Offensichtlich hielt man mich im ersten Augenblick für einen Geist, denn alle knieten nieder. Bis sie merkten, was geschehen war, hatte ich die Prinzessin schon in Sicherheit gebracht.

Nun begriffen auch Mister Fogg und Sir Cromarty, dass es an der Zeit war, schnellstens die Flucht zu ergreifen. Wir erreichten alle wohlbehalten unseren Elefanten und zogen mit ihm weiter durch den Dschungel.

„Was für eine Heldentat, Passepartout!“, lobte Mister Fogg mich immer wieder und betrachtete die hübsche Prinzessin.

Endlich erreichten wir wieder einen Bahnhof. Sir Cromarty trennte sich von uns. Aber was sollte mit der Prinzessin geschehen? In Indien hatte sie niemanden, zu dem sie hätte gehen können. Nur noch ein Verwandter lebte in Hongkong.
„Selbstverständlich begleiten wir die Prinzessin dort hin“, versicherte Mister Fogg. „Aber zunächst einmal müssen wir nach Kalkutta – mit diesem Zug.“

„Ich danke Ihnen, Mister Fogg“, sagte die Prinzessin. „Bitte nennen Sie mich einfach nur Auda.“
Schon ertönte ein schriller Pfiff und wir stiegen in den Zug …
Im Hafen von Kalkutta fanden wir ein passendes Schiff und schon wenige Stunden später befanden wir uns zu dritt auf dem Weg in Richtung China – Hongkong war unsere nächste Station …
Die Überfahrt verlief ohne Zwischenfälle. Trotzdem war ich froh, als wir Tage später wieder festen Boden unter den Füßen hatten.
Mister Fogg wollte für unsere Weiterreise eine Kabine buchen, als man uns sagte, dass das Schiff wahrscheinlich erst am Nachmittag des folgenden Tages auslaufen würde.

„Dann besorgen wir uns erst einmal ein Zimmer“, schlug Mister Fogg vor. „Später bringe ich Auda zu ihrem Verwandten und morgen geht es weiter nach Yokohama.“
„Ich empfehle Ihnen das Hotel ‚Zur Blauen Bucht‘. Es ist ganz in der Nähe“, sagte der Schiffskartenverkäufer und fügte hinzu: „Falls das Schiff doch früher ausläuft, können wir Sie benachrichtigen, Sir.“
Wir nahmen das Angebot dankend an. Gegen Abend fuhren wir mit einer Rikscha in die Stadt. Mister Fogg wollte, wie versprochen, Auda zu dem Verwandten bringen und ich hatte allerhand Einkäufe zu erledigen …

Als ich gemütlich durch die Stadt schlenderte, sprach mich plötzlich eine vertraute Stimme an: „Hallo, Passepartout, auch in Hongkong? Das ist ja ein Zufall!“

Es war Fix. „Kommen Sie, alter Freund, ich lade Sie auf ein Gläschen Wein ein.“

„Warum nicht?“, dachte ich. „Sicher gibt es wieder viel zu erzählen und ich habe Zeit, denn das Schiff soll ja erst morgen auslaufen.“

Wir gingen also in eine Bar. Es wurde ein langes Gespräch. Fix erzählte eine Geschichte nach der anderen aus seinem Leben und dazu tranken wir jede Menge Wein. Fix war schon ziemlich betrunken und er faselte von Dingen, die ich nicht recht verstand.

„Ich danke Ihnen für diese Einladung, Mister Fix“, verabschiedete ich mich höflich. „Es ist schon spät. Ich muss ins Hotel, denn Mister Fogg wird sicher schon auf mich warten. Morgen laufen wir auf der ‚Carnatic‘ nach Yokohama aus …“

„Morgen?“, lachte Fix. „Oh nein, der Fahrplan hat sich wieder geändert. Das Schiff legt gleich ab“, blubberte er vor sich hin und schlief völlig betrunken ein.

Wenn das wahr war, dann handelte es sich hier um eine Katastrophe! Blitzschnell schossen mir die Gedanken durch den Kopf: Mister Fogg war sicher schon benachrichtigt worden und ich saß hier immer noch in dieser Bar herum.

So schnell ich konnte, machte ich mich auf den Weg zum Hafen. Mit dem letzten Signalton, der beim Ablegen gegeben wurde, erreichte ich völlig außer Atem die ‚Carnatic‘.

„Geschafft“, dachte ich …

Viel zu spät bemerkte ich, dass Phileas Fogg nicht an Bord war. Er hatte das Schiff verpasst, das nächste würde erst wieder in einer Woche fahren. Damit war es aus und vorbei mit der Chance, die Wette zu gewinnen.
Ich machte mir bittere Vorwürfe, dass ich nicht besser aufgepasst hatte, aber es half nichts. Ich war allein und ohne Geld auf dem Weg nach Japan …

In Yokohama angekommen, beschloss ich, mir zuerst eine Arbeit zu suchen. Da sah ich einen Mann mit einem Plakat. Darauf stand: „Die Langnasen – Die besten Akrobaten der Welt!“ „Warum nicht?“, dachte ich, denn ich war sehr sportlich.
Ich stellte mich also vor und hatte Glück. Ein Akrobat fehlte und so sollte ich noch am gleichen Abend mit der Truppe auftreten.
‚Die Langnasen‘ trugen ihren Namen zu Recht. Sie hatten Masken mit langen Nasen auf, auf denen sie balancierend eine Pyramide bauten – und ich mitten drin …
Als wir das außergewöhnliche Kunststück vorführten, schaute ich in die Zuschauermenge und sah zu meiner Verwunderung Mister Fogg und Auda. Meine Freude darüber war so groß, dass ich mich, ohne lange nachzudenken, aus der aufgestellten Pyramide löste. Hinter mir hörte ich noch Hilfeschreie und im nächsten Augenblick fiel die Menschenpyramide der Akrobaten in sich zusammen. Ein durcheinander gewürfelter Haufen lag da auf dem Boden und stöhnte.
Ich hielt es für ratsam, mit Mister Fogg und Auda das Weite zu suchen.

Im Laufschritt erreichten wir den Hafen und gingen an Bord der ‚General Grant'.

Jetzt hatte Mister Fogg die Ruhe und die Zeit, mir zu erklären, wie er es geschafft hatte, mir so schnell nachzureisen und wieso Prinzessin Auda noch bei ihm war. Er erzählte, dass der einzige Verwandte von Auda nicht mehr in Hongkong lebte und er sie deshalb gebeten hätte, erst einmal mit nach England zu reisen. Gemeinsam schifften sie sich auf einem Frachter ein. Käpten Bunsby und sein Schiff hatten allerdings Shanghai als Ziel. Von dort aus wollten sie nach Yokohama übersetzen, um mich zu suchen, aber es kam alles ganz anders.

„Wir gerieten in einen fürchterlichen Sturm und der Käpten befahl uns, unter Deck zu bleiben", berichtete Mister Fogg. „Als der Sturm sich gelegt hatte und wir an Deck kamen, waren kein Mann und keine Maus mehr an Bord. Das Meer hatte sie allesamt vom Schiff gerissen. Außerdem war das Schiff schwer beschädigt und drohte jeden Moment unterzugehen!"

„Das ist ja grauenvoll. Wer hat Sie gerettet?", wollte ich von Mister Fogg wissen.

„Nun, die ‚General Grant' kam auf ihrer Route vorbei und nahm uns auf. Da dieses Schiff auf dem direkten Weg nach Yokohama war, kamen wir sogar noch früher als geplant an."

Mir fiel ein Stein vom Herzen: Alle waren wieder zusammen und wir lagen gut in der Zeit, um die Wette gewinnen zu können.

Als ich so über das Vorderdeck der ‚General Grant' schlenderte, hörte ich plötzlich eine vertraute Stimme meinen Namen rufen: „Passepartout, Passepartout!" Das konnte doch nicht wahr sein – es war Fix! „Fix, was machen Sie denn hier?", fragte ich verwundert.

„Ach, mein lieber Freund, ich habe mich entschlossen, wieder in meine alte Heimat, nach England, zurückzukehren", antwortete Fix. „Wenn ich mich Ihnen vielleicht anschließen dürfte? Alleine reist es sich nicht so gut."

Nun, was sollte ich dagegen einzuwenden haben? Schließlich wusste ich ja immer noch nicht, was dieser Fix vorhatte …

Am 3. Dezember erreichten wir Amerika und gingen in San Francisco von Bord der ‚General Grant'.

Ganz San Francisco stand Kopf. Man feierte ausgelassen in den Straßen und es schien alles auf den Beinen zu sein, was irgendwie laufen konnte. Auf der Hauptstraße fand eine Parade statt. Die Menschen drängten sich dicht an dicht, um dem Präsidenten zujubeln zu können.
Das war selbst für Fix zu viel und er riet: „Wir sollten uns einen ruhigeren Ort suchen."
Ein kräftiger Mann drückte sich rücksichtslos durch die Menge und warf Prinzessin Auda fast um. Ohne ein Wort der Entschuldigung wollte sich der Mann seinen weiteren Weg bahnen.
„Sie entschuldigen sich gefälligst bei der Dame!", verlangte Fix. Doch der Fremde packte Fix am Kragen und warf ihn einfach zu Boden.
Da mischte sich Fogg ein. „Mein Name ist Phileas Fogg", sagte er ruhig. „Was bilden Sie sich ein? Ich fordere Sie auf, sich sofort zu entschuldigen!"
„Den Teufel werde ich tun! Ich bin Colonel Stamp Proctor", polterte der Fremde los. „Und ich fordere Sie zum Duell heraus!"
„Ich stehe Ihnen zur Verfügung", erwiderte Fogg. „Ein anderes Mal, denn jetzt müssen wir unbedingt unseren Zug nach New York erreichen!"
Damit ließ er den verblüfften Colonel stehen und bahnte sich mit uns anderen einen Weg zur nächsten Kutsche, die uns so schnell wie möglich zum Bahnhof fuhr.

Nun mussten wir quer durch Amerika – ein sehr weites Land und einige Tage Zugfahrt lagen vor uns ...
Eines Morgens sah ich aus dem Zugfenster und erschrak:
Eine riesige Staubwolke raste auf uns zu! Was war das?
Es donnerte und die Erde bebte: Bisons! Tausende von ihnen rannten durch die Prärie. Sie kamen unaufhaltsam näher und der Zug hielt an.
Mir kam es vor wie eine Ewigkeit, bis auch der letzte Bison die Bahnschienen überquert hatte.

Das kostete uns wertvolle Zeit, aber es kam noch schlimmer ...
Fix kam völlig aufgeregt zu mir: „Passepartout, wissen Sie, wer noch in diesem Zug sitzt? Colonel Proctor!“
„Oh nein!“, rief ich. „Ich muss Mister Fogg ablenken, sonst endet das noch in einer Katastrophe!“
Zum Glück saß Mister Fogg im Abteil und spielte Karten.
Doch plötzlich tauchte Proctors Schatten hinter ihm auf.
„Ach, sieh mal einer an. Sie schon wieder. Nun haben Sie Ihren Zug und was ist mit dem Duell?“
Fogg legte die Karten aus der Hand und stand auf. „Ich bin bereit!“
„Nein!“, flehte Auda. „Phileas, das dürfen Sie nicht tun!“
Selbst meine Einwände halfen nichts, denn Mister Fogg war ein Mann von Ehre und stand zu seinem Wort.
Vor unserer Abfahrt in San Francisco hatte ich mehrere Pistolen erstanden, eine davon musste ich ihm jetzt geben.
Der Colonel und Mister Fogg drehten ihre Rücken zueinander und schritten zehn Schritt voneinander weg. Dann drehten sie sich um und zielten aufeinander.
In diesem Augenblick fielen draußen Schüsse ...

Ich konnte gerade noch meinen Kopf einziehen, da pfiff schon wieder eine Kugel durch den Zugwagon. Wildes Geschrei und galoppierende Pferde.

„Indianer! Indianer!", schrien alle Passagiere und rannten in Panik durch den Zug, um sich zu verstecken.

Mit unseren Pistolen schossen wir aus dem fahrenden Zug auf die Indianer, aber uns wurde schnell klar: Es waren einfach zu viele!

Mister Fogg kämpfte sich zum Schaffner durch. „Wir brauchen Hilfe, sonst sind wir alle verloren."

„Hier ist ein Fort mit Soldaten in der Nähe. Wenn sie das Zugsignal hören, kommen sie", gab der Schaffner zur Antwort.

„Dann tun Sie endlich was", befahl Mister Fogg. „Das kann nur der Lokführer und den erreichen wir nur, wenn jemand während der Fahrt über die Dächer der Wagons nach vorne klettert", gab der Schaffner zurück.

Wir durften keine Zeit mehr verlieren, die Indianer wurden immer wilder und uns ging die Munition aus.

Während Mister Fogg noch überlegte, wie er am besten auf das Dach des Wagons kommen konnte, war ich schon auf dem Weg. Es ist eine äußerst gefährliche Angelegenheit, sich auf einem fahrenden Zug, der von Indianern beschossen wird, zur Lok vorzuarbeiten, aber ich schaffte es. Der Lokführer war tot. Deshalb hatte er auch kein Signal gegeben. Ich zog an einem Strick und die Lok bließ ihr ‚Huh, huh, huhuh' ...

Da flog ein Indianerpfeil auf mich zu. Ich wich aus und hielt mich im Sturz an einem der Hebel in der Lok fest. Als ich wieder aufstand, stellte ich fest, dass ich mich immer weiter vom Rest des Zuges entfernte. Was hatte ich getan? Die Lok war abgekoppelt und ich rauschte nun allein mit ihr weiter. Ein dumpfer Schlag auf meinen Kopf ließ mich alles vergessen ...

Ich erwachte mit Kopfschmerzen an einem Lagerfeuer. Es war bitterkalt und es hatte angefangen zu schneien.

„Die Indianer haben mich verschleppt, aber ich lebe noch“, dachte ich ängstlich. Während ich noch überlegte, wie ich mich befreien und ob ich aus dieser Wildnis herausfinden könnte, stürmte ein Trupp Reiter das Lager.

Die Soldaten waren mit Mister Fogg zusammen der Spur gefolgt und waren gekommen, um mich zu retten.

Die Indianer waren so überrascht, dass sie sich lieber schnell davonmachten.

Mister Fogg löste meine Fesseln und half mir auf ein Pferd. Die Soldaten begleiteten uns. So war es sicherer.

Wir ritten einige Stunden und ich schwieg. „Alles mein Fehler. Hätte ich besser aufgepasst, dann wäre ich nicht in solche Schwierigkeiten geraten. Jetzt haben wir schon wieder wertvolle Zeit verloren – durch mich“, grübelte ich vor mich hin.

Endlich näherten wir uns einem kleinen Bahnhof. Prinzessin Auda wartete dort bereits auf uns. „Der Zug ist vor einer Stunde abgefahren. Morgen Abend fährt der nächste ...“, berichtete sie.

Ich ließ den Kopf noch tiefer hängen: „Die Wette können wir nun endgültig vergessen. Es ist alles meine Schuld!“

Da trat General Booster zu uns. „Den Zug holen Sie locker ein“, schmunzelte er. „Folgen Sie mir!“

Er betrat eine Scheune und zeigte auf einen Schlitten mit Segel. Und das sollte funktionieren? Aber mir war alles recht, Hauptsache, wir konnten doch noch Zeit aufholen.

In Decken eingepackt, sausten wir wie der Wind durch die Nacht, immer an den Schienen entlang. Tatsächlich holten wir bald den Zug ein, stiegen um und schliefen kurz darauf erschöpft im warmen Zugabteil ein.

Der Zug ratterte unaufhaltsam durch die Nacht ...

Im Morgengrauen erreichten wir den Bahnhof in New York und eilten geradewegs zum Hafen. Hier war alles noch ganz still, aber schon eine Stunde später war der Hafen voller Leben. Schiffe wurden be- und entladen. Passagiere mühten sich mit ihren Koffern ab und mittendrin wir, auf der Suche nach einem Schiff, das uns schnellstmöglich nach England bringen konnte. Aber es war nichts zu machen. Kein passendes Schiff war zu finden.

Nach einer weiteren Stunde Suche fand Mister Fogg einen kleinen Frachter, die ‚Henrietta'.

Das einzige Problem bestand darin, dass Speedy, der Käpten, nicht nach England, sondern nach Frankreich fahren wollte. Mister Fogg versuchte ihn mit Geld davon zu überzeugen, dass er eine andere Route einschlagen sollte, zumal Käpten Speedy keine Fracht für seine ‚Henrietta' hatte, aber er wollte nicht.

„Frankreich liegt immerhin näher an unserem Zuhause als New York," gab sich Mister Fogg geschlagen und wir gingen an Bord.

Die alte ‚Henrietta' war schon eine Weile unterwegs, als sich plötzlich drei Matrosen auf Käpten Speedy stürzten und ihn unter Deck einsperrten.

Mister Fogg sah seelenruhig zu, gab jedem der Matrosen einen großen Geldschein und übernahm dann selbst das Steuerruder der ‚Henrietta', als wäre es die normalste Sache der Welt.

„Wir ändern sofort den Kurs!", befahl er. „Auf nach England!"

Die Männer heizten die Dampfkessel der ‚Henrietta' mit vollen Kräften, so dass wir mit Höchstgeschwindigkeit unterwegs waren und gut vorankamen.

Da kam einer der Matrosen zu Mister Fogg und sagte: „Sir, wir haben keine Kohle mehr, um die Kessel unter Dampf zu halten. Wir müssen Segel setzen und auf einen guten Wind hoffen."

Das war doch nicht zu fassen, schon wieder ein Hindernis.

Mister Fogg ließ Käpten Speedy holen. Dieser beschwerte sich über seine Behandlung und bezichtigte uns der Meuterei.

„Käpten Speedy, beruhigen Sie sich", bat Mister Fogg ganz ruhig. „Was ist Ihr Schiff wert? Ich werde es Ihnen zu einem guten Preis abkaufen."

Der Käpten überlegte kurz und nannte dann einen Preis. Mister Fogg schlug ein, der Handel galt und Mister Fogg war nun Eigentümer der ‚Henrietta'.

„So, Männer, nehmt alles, was aus Holz ist, steckt es in den Kessel und verbrennt es. Seht zu, dass wir nicht an Fahrt verlieren."

Die Matrosen schauten sich verblüfft an, taten aber, was Mister Fogg verlangte. Jedes noch so kleine Stück Holz wurde in den Heizkessel gesteckt und verbrannt; zu guter Letzt sogar der Mast.

Aber es reichte nicht – die ‚Henrietta' wurde langsamer und langsamer und es war immer noch kein Land in Sicht.

Jetzt war alles verloren, denn nun konnten wir noch nicht einmal mehr Segel setzen, um mit Hilfe des Windes weiterzukommen ...

Doch da – plötzlich ganz schwach im Morgengrauen zu erkennen – lag Irland vor uns.
Auch wenn es noch nicht ganz unser Ziel war, so doch sehr nah dran. Wir gingen also in Dublin an Land und setzten mit der Postfähre nach Liverpool über.
„Jetzt nur noch schnell zum Bahnhof und einen Zug nach London finden. In sechs Stunden sind wir da", freute sich Mister Fogg.
Aber kaum, dass wir englischen Boden unter den Füßen hatten, passierte etwas Ungeheuerliches.

Unsere Reisebegleitung Fix ging auf Mister Fogg zu und fragte: „Sind Sie Mister Phileas Fogg?"
Mister Fogg wunderte sich, denn das wusste Fix doch. „Ja, der bin ich", antwortete er.
„Hab ich Sie endlich. Sie sind hiermit festgenommen", sprach Fix weiter und zeigte Mister Fogg einen Haftbefehl.
„Mister Fix, sind Sie jetzt von allen guten Geistern verlassen? Was soll das denn?", wollte Mister Fogg wissen, als die Handschellen, die Fix ihm anlegte, ins Schloss klickten.
„Oh nein!", erwiderte Fix. „Seit dem Tag Ihrer Abreise bin ich hinter Ihnen her. Wir haben einen Zeugen, der Sie wiedererkennen wird."
„Zeugen wofür? Was soll ich denn verbrochen haben?", wollte Mister Fogg nun wissen.
„Sie haben die Bank von London ausgeraubt und 55.000 Pfund erbeutet", gab Fix zur Antwort.
„Das ist ja lächerlich", verteidigte sich Mister Fogg.
„Das werden wir schon herausfinden, jetzt geht es erst einmal zum nächsten Polizeirevier", befahl Fix.
Mister Fogg saß bereits sechs Stunden im Gefängnis, als Fix die Tür aufschloss und kleinlaut sagte: „Mister Fogg, Sie können gehen. Sie sind ein freier Mann. Der richtige Bankräuber wurde bereits vor drei Tagen verhaftet."

Phileas Fogg verlor zum ersten Mal auf dieser Reise seine Beherrschung. Er trat vor Fix, holte mit seiner Faust aus und verpasste ihm ohne ein weiteres Wort einen mächtigen Kinnhaken.

Fix fiel mit einem Rums nach hinten und blieb ohnmächtig am Boden liegen.

Mister Fogg, Prinzessin Auda und ich hasteten zum Bahnhof und bekamen noch den Abendzug nach London.

Als der Zug im Hauptbahnhof von London hielt, war es zehn Minuten vor neun.

Wir hatten uns so beeilt, trotzdem war es zu spät, denn von hieraus brauchte man exakt fünfzehn Minuten zum Club. Damit hatten wir uns um fünf Minuten verspätet.

Alles war umsonst gewesen. Fix hatte mit seiner Verhaftung von Mister Fogg alles zunichte gemacht.

Traurig nahmen wir eine Kutsche und fuhren direkt zu Mister Foggs Haus.

Mister Fogg gab mir Anweisung, das Gästezimmer für die Prinzessin herzurichten und ich sollte mich um etwas Essbares kümmern. Er selbst ging sofort zu Bett.
Am nächsten Tag stand Mister Fogg schweigend im Salon. Er starrte in den Kamin und wollte das Zimmer nicht mehr verlassen. Mister Fogg lehnte jegliches Essen, ja sogar seinen geliebten Tee ab. Ich war auf das Äußerste besorgt.
Dann bat ich Prinzessin Auda, es zu versuchen.

Kaum hörbar betrat sie den Salon.
Als er sie bemerkte, sprach er leise: „Ach, liebste Auda, die letzten achtzig Tage haben mein ganzes Leben verändert. Nie hätte ich gedacht, dass ich einmal eine Frau finden würde, die ich heiraten möchte."
Audas Herz schlug höher, denn auch sie hatte sich in Mister Fogg verliebt. „Lieber Phileas, was spricht dagegen?"
„Nun habe ich mein gesamtes Vermögen in dieser dummen Wette verloren und ich kann dir nichts mehr bieten", seufzte er.
„Das macht nichts", beteuerte Auda. „Lieber glücklich und arm, als reich und unglücklich. Das war ich lange genug, als ich noch mit dem Radscha verheiratet war."
Phileas Fogg nahm Audas Hand, zog sie an sich und strahlte vor Glück.

Mister Fogg rief mich mit der Hausglocke zu sich. „Passepartout, gehen Sie umgehend zu Pfarrer Wilson“, jubelte er mir entgegen. „Auda und ich, wir wollen morgen heiraten.“

Nach all den Katastrophen, die wir auf unserer Reise erlebt hatten, war das die schönste Nachricht, die ich seit langem gehört hatte und ich gratulierte den beiden sofort. Dann verließ ich das Haus und suchte den Pfarrer auf.

„Guten Abend, Herr Pfarrer, mein Name ist Passepartout. Ich bin der Diener von Mister Fogg“, stellte ich mich vor und sagte weiter: „Mister Fogg lässt fragen, ob er morgen mit Prinzessin Auda getraut werden könnte?“

„Eine Hochzeit? Wie schön!“, meinte der Pfarrer. „Wollen wir mal sehen, was morgen alles ansteht, denn meistens habe ich für die Sonntage schon jede Menge Termine vergeben ...“

„Wie, Sonntag?“, fragte ich verwirrt. „Morgen ist doch Montag!“

„Nein, ganz bestimmt nicht“, beharrte er und zeigte mir zum Beweis das Datum auf der Zeitung.

Wie war das möglich? Dann waren wir ja einen ganzen Tag zu früh in London angekommen.

Ich nahm meine Beine in die Hand und rannte so schnell ich konnte zurück zum Haus. Mister Fogg hatte es sich bereits bequem gemacht und trug seinen Schlafanzug mit Hausmantel. „Mister Fogg, schnell! Kommen Sie!“, stürzte es aus mir heraus. Ich musste erst einmal richtig Luft holen, um weitersprechen zu können: „Heute ist Samstag. Die Wette ist noch nicht verloren. Ziehen Sie sich schnell um!“

Phileas Fogg betrachtete das Datum auf der Zeitung und grübelte. „Selbstverständlich, Passepartout!“, rief er und erklärte: „Wir sind die ganze Zeit nach Osten gereist. Dabei haben wir beim Überschreiten eines jeden Meridians Zeit gewonnen, so dass wir letztendlich einen ganzen Tag herausgeholt haben.“ Mister Fogg blickte auf die Uhr: halb neun.

Dann eilte er in sein Zimmer und zog sich so schnell er konnte an. Ich hatte in dieser Zeit schon eine Kutsche bestellt.

Mister Fogg gab dem Kutscher das doppelte Fahrgeld. Dafür sollte er sich beeilen und den schnellsten und kürzesten Weg zum Club nehmen.

Im Club waren selbstverständlich alle Gentlemen versammelt. Die Uhr schlug genau neun, als Mister Fogg den großen Salon betrat.

Tja, die anderen Herren hatten die Wette verloren, aber alle waren begeistert und gratulierten ihm zu seinem Erfolg. Mister Phileas Fogg hatte bewiesen, was alle für unmöglich gehalten hatten – eine Reise in 80 Tagen um die Welt zu schaffen.

Am Montag, den 23. Dezember, heirateten Mister Fogg und die wunderschöne Prinzessin Auda. Somit hatte Phileas Fogg auch noch Liebe und Freundschaft gewonnen und dafür lohnt sich doch so eine abenteuerliche Reise um die ganze Welt. Oder?

Ende

Jules Verne

20.000 Meilen unter dem Meer

Mein Name ist Pierre Aronnax. Ich bin Professor und Meeresforscher. In meinem Leben habe ich schon vieles gesehen, aber diese Abenteuer, von denen ich nun berichten werde, stellen alles in den Schatten. Riesenkraken, kühne Seefahrer, versunkene Welten und ein geheimnisvoller Käpten in einem sagenhaften Unterseeboot sind mir begegnet. Begleitet mich auf meiner Reise 20.000 Meilen unter dem Meer ...

Wir schrieben das Jahr 1868 in Amerika, genauer gesagt in San Francisco ...
In jeder Zeitung stand es und die Leute redeten über nichts anderes: Ein Seeungeheuer machte angeblich die Meere unsicher!
Seefahrer behaupteten, es hätte Schiffe angegriffen und zum Kentern gebracht. Manche vermuteten, dass es sich um einen riesigen Wal handeln könnte. Wieder andere versicherten, dieses Ungeheuer würde sogar leuchten.
In einer Sache jedoch waren sich alle einig: Man musste etwas gegen dieses bedrohliche Monster unternehmen! Weltweit wurden die besten Wissenschaftler für Expeditionen gesucht, um dieses Seeungeheuer zu finden.

Gerade hatte ich ein Buch geschrieben mit dem Titel „Ungeheuer und unbekannte Wesen des Meeres“.
Und so kam es, dass ich zur Expedition der Amerikaner eingeladen wurde.
Begeistert erzählte ich meinem treuen Assistenten Conseil: „Wir stechen in See, um das riesige Seeungeheuer zu finden!“
„In Ordnung, Professor, ich packe sofort unsere Koffer“, antwortete Conseil.
„Sind Sie sicher? Es wird bestimmt eine sehr gefährliche Reise werden“, warnte ich ihn. „Wenn Sie nicht mitkommen, kann ich das verstehen.“
Conseil wehrte ab. „Selbstverständlich begleite ich Sie; Sie brauchen mich doch.“

Die ‚Abraham Lincoln' lag schon im Hafen vor Anker und wartete nur darauf, dass wir an Bord gingen ...

In weniger als einer Stunde waren wir am Hafen. Die Matrosen trafen gerade noch die letzten Vorbereitungen für die Abfahrt und viele Menschen schauten neugierig zu.

Am Kai begrüßten Conseil und ich den Käpten der ‚Abraham Lincoln'. Sein Name war Mister Farragut.

Als ich gerade an Bord gehen wollte, hielt mich jemand an meiner Schulter fest.

„Sie sind bestimmt Professor Aronnax, der Spezialist für Seeungeheuer! Ich bin Ned Land, der Harpunenwerfer, und ich habe schon verdammt viele Wale gefangen. Freut mich, Sie kennen zu lernen."

„Angenehm. Und das hier ist mein Assistent Conseil", erwiderte ich.

„Hallo, mein Freund!", grüßte Ned Land. „Auf eine gute Zusammenarbeit."

Nun wurde es Zeit, an Bord zu gehen und wir stachen noch am selben Tag mit unbekanntem Kurs in See.

Ich war sehr gespannt. Wir wussten nur, dass irgendwo im Meer das sein würde, was wir suchten.

Unsere Suche ging langsamer voran als erhofft. Wochenlang kreuzten wir auf dem Meer und sahen nichts als Wasser. Tagelang beobachtete ich die Wellen und jede ungewöhnliche Bewegung.
Ned Land kletterte immer wieder auf den Hauptmast und hielt Ausschau nach dem Ungeheuer, aber auch er hatte keinen Erfolg.
Wie jeden Morgen rief der Käpten zu Ned Land hinauf: „Siehst du etwas?"
„Ja, Wasser, Salzwasser, glaube ich", antwortete Ned Land und grinste.
„Ned macht gern Witze", erklärte Käpten Farragut mir.

Nach dem Abendessen bezogen Ned Land und ich wieder unsere Posten. Die Nacht brach herein. Es war keine Wolke am Himmel und dennoch war es stockfinster.
„Was soll man da erkennen können?", seufzte Ned Land.
Plötzlich entdeckte ich einen Lichtschein im Wasser und deutete mit dem Zeigefinger in die Richtung.
„Da drüben, Ned!"
Ich war so aufgeregt, dass ich den Atem anhalten musste. Der Lichtschein wurde immer heller und schien auf uns zuzurasen.

„Bei Neptun!“, rief Ned Land. „Das muss der Wal sein. Gebt mir meine Harpune!“
Das leuchtende Ding war ein riesiges, unheimliches Wesen, das wie Metall schimmerte und wie ein Walfisch Wasser versprühte. So etwas hatte ich noch nie zuvor gesehen.

Blitzschnell war Ned Land mit seiner Harpune in der Hand unterwegs zum Bug des Schiffes.
„Du gehörst mir!“, drohte er.
Inzwischen ließ Farragut die Kanone laden.
„Seid bereit zum Feuern, sobald ihr das Ungeheuer im Visier habt!“, befahl der Käpten der Mannschaft.

Immer näher und näher kam das riesige Wesen und auf einmal verschwand das Licht. Es war mehr als seltsam, es war, als hätte jemand einfach mit einem Schalter das Licht ausgemacht.
„Irgendetwas stimmt da nicht!“, rief ich noch, aber in der ganzen Aufregung, endlich das Ungeheuer fangen zu können, hörte mich niemand.
„Feuer!“, schrie Käpten Farragut und schon donnerte es.

Das Schiff bebte. Pulvergeruch machte sich breit und das Wasser spritzte meterhoch zum Himmel. Ich hielt mich an der Reling fest.
Der Wal war immer noch da und hatte es offenbar auf uns abgesehen!
„Jetzt rechnen wir mit dir ab!“, brüllte Ned Land.
Er holte mit seiner Harpune weit aus und schleuderte sie nach der riesigen Bestie ...

Das Ungeheuer verschwand in der Tiefe des Meeres unerreichbar für uns.
„Ja, wir haben es geschafft!", jubelten die Matrosen.
Ich war darüber nicht so froh, denn es war misslungen, das Ungeheuer zu fangen, und außerdem gab es etwas, was nicht recht zusammenpassen wollte.
„Da stimmt irgendetwas nicht", wiederholte ich zu Conseil, der neben mir stand. „Dieses Licht – ich glaube, jemand hat das Licht einfach ausgemacht."
„Ach, Professor, was erzählen Sie da? Licht zum Einschalten unter Wasser, so etwas gibt es doch gar nicht", zweifelte Ned Land und lachte laut.
Ich reagierte nicht darauf, sondern beugte mich über die Reling, um noch einmal nach dem Wal zu suchen.

In dem Moment rammte uns das Ungeheuer mit voller Wucht. Sogleich verlor ich den Halt und stürzte Kopf über ins Meer.
Wieder an der Wasseroberfläche, musste ich gegen die rauen Wellen ankämpfen. Ich spürte, wie mich meine Kräfte schnell verließen. Oftmals schlugen die Wellen über meinem Kopf zusammen, ich rang nach Luft und ich wusste, dass ich mich nicht mehr lange über Wasser halten konnte ...

„Professor", hörte ich plötzlich Conseils Stimme, „halten Sie sich an mir fest!"
Mein treuer Assistent war mir ins Wasser nachgesprungen, um mich zu retten.
Jetzt erst sah ich, dass die ‚Abraham Lincoln' nicht mehr in unserer Nähe war. Wir trieben also völlig hilflos, ohne Aussicht auf Rettung, allein in diesem weiten Meer. Es war also nur noch eine Frage der Zeit, wann uns die Kräfte endgültig verlassen würden und wir ertrinken mussten.
„He, hier rüber!", rief uns eine bekannte Stimme zu. Es war Ned Land.

Mit letzter Kraft erreichten wir Ned Land.
„Als der Wal das Schiff rammte, verlor auch ich den Halt, fiel ins Wasser und jetzt sitze ich auf diesem Ungeheuer", sagte er und half uns aus dem Wasser.
Schon beim Hochklettern fiel mir auf, dass es aus Metall war.
Conseil und ich waren noch nicht ganz oben, da öffnete sich der Rücken des Metallkörpers.

Männer kletterten zu uns heraus, packten uns und schleppten uns ins Innere des Metallfisches.
Wir wurden in einen Raum gesperrt und im Dunkeln sitzen gelassen.

„Conseil, Ned, wo sind Sie? Ich kann nichts mehr sehen!", rief ich ins Dunkel. Ein dumpfer Rums und ein „Au!" folgten. „Ich sehe auch nichts und bin gegen die Wand gelaufen", beschwerte sich Ned Land.
„Wer sind die wohl und was werden die mit uns machen?", fragte Conseil unsicher.
Das Licht ging an und die schwere Metalltür wurde geöffnet. Wir hielten gespannt den Atem an ...
Wortlos stellte uns der Koch ein Tablett mit Essen hin, verließ den Raum und verschloss die Tür wieder.
„Das riecht ja köstlich", urteilte Conseil und wollte sich über das Mahl hermachen. „Wie kann man jetzt ans Essen denken?", tadelte ich ihn. „Wir müssen einen Weg hier heraus finden!"
Ned Land nickte stumm und man sah ihm deutlich an, dass er angestrengt nachdachte ...

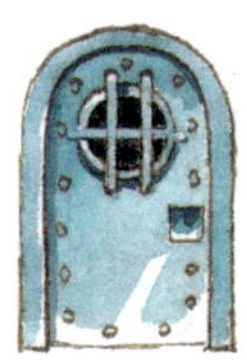

Da rumpelte es wieder an der Tür. Sie wurde erneut geöffnet und ein Matrose trat ein.
Ohne ein Wort zu sagen, sprang Ned auf und packte den Matrosen.
„Wo sind wir? Warum werden wir hier eingesperrt? Wer hat hier das Sagen?“, polterte es aus Ned heraus.
„Ich bin der Käpten“, tönte eine tiefe Stimme und Ned ließ den armen Kerl los. „Nennen Sie mich Käpten Nemo. Willkommen auf der Nautilus. Alles weitere erkläre ich Ihnen später. Folgen Sie mir bitte, meine Herren!“
Widerstandslos folgten wir Käpten Nemo. Wir betraten einen anderen Raum und staunten:

Es war ein richtiger Salon, genauso eingerichtet, wie ihn gepflegte Gentlemen gern haben.
Ned Land stupste Conseil und mich an. Er flüsterte: „Wir sollten uns trennen, um nach einem Fluchtweg zu suchen.“
„Käpten Nemo, ich fühle mich nicht gut“, behauptete Conseil plötzlich.
„Ja, gegen eine Mütze voller Schlaf hätte auch ich nichts einzuwenden“, gähnte Ned.
Die beiden wurden von Matrosen begleitet weggeführt.
Ich blieb, um den Käpten besser kennen zu lernen, dabei erzählte ich auch von unserem Vorhaben, das Seeungeheuer unschädlich machen zu wollen.

„Ha, die Nautilus ist kein Ungeheuer, sondern ein Unterseeboot“, berichtigte mich der Käpten.
Wie meinte er das? Ein Boot, das unter Wasser fuhr – unmöglich, so etwas gab es doch gar nicht!
Er stand auf und bot an: „Kommen Sie, ich zeige Ihnen die Nautilus.“

NAUTILUS

Schiffsschraube
Maschinenraum
Scheinwerfer
Platz für die Schaluppe
Kommandobrücke
Plattform
Salon
Luftzufuhr
Nemos Zimmer
Ruder
Höhenruder
Bad
Mannschaftskabine
Küche
Speisesaal der Mannschaft
Speisekammer
Zelle für Gefangene
Umkleide und Ausrüstung
Speisesaal
Bullauge
Raum für das Ballastwasser
Anker
Gästekajüte

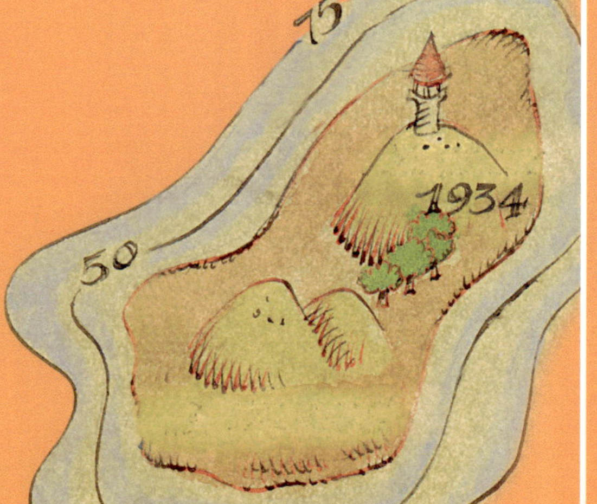
75
1934
50

Die Nautilus war eine geniale Erfindung. Dieser Käpten Nemo, der dieses Unterseeboot selbst entworfen hatte, musste ein Genie sein.

„Betrachten Sie sich als meine Gefangenen", drohte mir der Käpten. „Nie mehr werden Sie und Ihre Freunde dieses Boot verlassen. Die Welt soll nichts von meiner Nautilus erfahren!"

Mir fuhr der Schrecken in die Glieder. Es war klar, dass wir nur heimlich fliehen konnten. Augenblicklich berichtete ich Conseil und Ned von dieser Unterhaltung.

Am nächsten Morgen führte ich Ned und Conseil in den Salon der Nautilus, wo uns ein riesiges Bullauge freie Sicht ins Meer gab. Offensichtlich lag die Nautilus auf dem Meeresgrund.

„Begleiten Sie mich zu einem Meeresausflug, meine Herren?", hörten wir die Stimme von Nemo hinter uns.

Das war zu verlockend und wir stimmten ohne zu zögern zu.

Der Käpten gab uns Taucheranzüge, Lampen und Sauerstoffflaschen. In jedem Taucherhelm gab es ein spezielles Gerät, somit konnten wir sogar unter Wasser miteinander sprechen. So ausgerüstet, wagten wir unseren ersten Spaziergang über den Meeresboden. Es war fantastisch ...

„Vorsicht, Professor!", warnte mich der Käpten.

Bevor ich reagieren konnte, wehrte Käpten Nemo die riesige rote Meeresspinne ab, die mich angreifen wollte.

Ich hatte mich noch nicht ganz von meinem Schrecken erholt, da gab es schon wieder etwas Neues zu beobachten: Ein riesiger Rochen glitt über uns hinweg.

Es schien, als flöge er, so leicht und elegant bewegte er sich.

„Kommen Sie mit, meine Herren!“, lud uns der Käpten ein und verschwand im Dickicht der Pflanzen. Neugierig folgten wir ihm. Wir waren völlig verzaubert von der Schönheit des Meeres, als der Käpten mich zu Boden riss und rief: „Achtung! Haie!“
Erschrocken suchten auch Conseil und Ned Deckung in den Schlingpflanzen. Da sah ich die gewaltigen Tiere direkt über uns. Ich hielt den Atem an vor lauter Schreck. Aber so wie die Haie aufgetaucht waren, so blitzschnell waren sie auch wieder verschwunden. Sicher waren sie nicht hungrig, ansonsten wäre dieses Abenteuer bestimmt nicht so glimpflich ausgegangen. Das Meer birgt eben viele Gefahren ... und ich war froh, dass Käpten Nemo auf uns aufpasste.

Mitten in der Nacht weckte mich ein kräftiger Ruck aus meinem Schlaf. Jedoch war ich durch unseren Tauchgang viel zu müde, um nachzusehen, was passiert sein könnte. Offensichtlich kümmerte es auch keinen anderen, denn es blieb mucksmäuschenstill.

Am nächsten Morgen erklärte mir Käpten Nemo, dass wir auf eine Sandbank vor einer unbekannten Küste aufgelaufen seien.

Ned Land nahm Conseil und mich zur Seite: „Was haltet ihr davon, auf die Jagd zu gehen?"

„Jagen? Die armen, unschuldigen Tiere!", fuhr ich erschrocken dazwischen.

„Natürlich nicht mit geladenen Gewehren!", beschwichtigte mich Ned. „Es ist doch nur ein Vorwand, um von diesem Unterseeboot zu fliehen."

„Ein genialer Plan!", stimmte ich ihm zu.

„Käpten, können wir uns mal an Land umsehen?", fragte ich.

„Warum nicht? Es dauert noch Stunden, bis uns die nächste Flut wieder freispült und wir weiterfahren können", antwortete der Käpten. Mit einem kleinen Boot ruderten wir zu dritt an Land ...

Direkt hinter dem Strand bäumte sich der Dschungel auf. Die Gewehre zur Hand, bahnten wir uns einen Weg durch das Dickicht. Fremdartige Vögel flatterten auf und seltsame Tierlaute waren zu hören.

Unruhig drehte sich Ned Land um. „Ich fühle mich beobachtet!“

„Das wird irgendein Tier sein“, vermutete Conseil.

Urplötzlich stürmte eine Horde Wilder aus den Büschen, direkt auf uns zu. Wir wollten es nicht darauf anlegen, festzustellen, ob man uns vielleicht doch wohlgesinnt war. Schließlich hatten wir keine Munition in unsere Gewehre gesteckt.

Das Letzte, was ich sah, muss der Häuptling des Stammes gewesen sein, der, mit einem großen Kopfschmuck bekleidet, wild entschlossen seine Männer in unsere Richtung trieb.

Jetzt war es höchste Zeit, das Weite zu suchen – wir rannten um unser Leben.

Völlig außer Atem erreichten wir den Strand und das Boot. Ned Land ließ es zu Wasser und Conseil und ich sprangen hinterher. Da flogen auch schon die ersten Speere, die uns nur um wenige Millimeter verfehlten.

„Los, rudert schneller!“, feuerte uns Ned Land an.

Die Wilden ließen sich nicht so schnell abhängen.
Sie stiegen in ihre Boote und verfolgten uns ...
Mit letzter Kraft erreichten wir die Nautilus.
Ned Land öffnete die Luke des Unterseebootes und schrie: „Beeilt euch!“
Sobald wir im Inneren der Nautilus waren, verschloss er den Zugang.
Ich suchte Käpten Nemo, um ihn zu warnen, aber ich fand ihn nirgendwo. Ich hastete von Raum zu Raum, bis ich auf einmal die Klänge einer Orgel vernahm.

Tatsächlich, der Käpten saß an einer riesigen Orgel und spielte. Es war so laut, dass es eine Weile dauerte, bis er mich endlich wahrnahm.

„Käpten, Wilde von der Insel haben uns verfolgt! Wir sind in großer Gefahr! Sie werden uns alle töten!“, rief ich, außer mir vor Angst.

Nemo hörte auf zu spielen. Jetzt konnte man deutlich das Klopfen und Hämmern an der Außenwand der Nautilus hören.
Der Käpten war die Ruhe selbst und sagte gefasst: „Beruhigen Sie sich, Professor. Niemand wird hier einbrechen und uns töten. Wir leiten einfach Strom auf die Außenhülle der Nautilus und Sie werden sehen, wie schnell unsere Angreifer von uns ablassen.
Nemo behielt Recht: Mit einem Mal waren die Wilden nur noch damit beschäftigt, so schnell wie möglich das Weite zu suchen, denn gefährliche Stromblitze jagten durch das Wasser.
Gerade in diesem Augenblick musste auch die Flut eingesetzt haben, denn wir konnten unsere Fahrt fortsetzen.
Ned, Conseil und ich waren wieder auf der Nautilus eingesperrt, aber immerhin waren wir hier in Sicherheit vor den Wilden.

So vergingen weitere Tage auf der Nautilus und ich erfuhr immer mehr über diese wundersame Maschine und den eigentümlichen Käpten.
Wir nahmen Kurs auf die Insel Ceylon, die weltbekannt ist für ihre riesigen Muscheln.
„Wie sieht es aus, meine Herren? Wollen Sie Ihr Glück versuchen und nach Perlen tauchen?“, wollte Käpten Nemo wissen.
Ned Land stimmte sofort begeistert zu. Conseil und ich waren uns noch unschlüssig, aber wir wollten mitgehen.
Muscheln leben in Riffen. Dort ist das Wasser nicht tief genug, so dass wir die Nautilus zurücklassen mussten. Mit dem Ruderboot fuhren wir bis an das Korallenriff heran. Jetzt hatte auch Conseil und mich das Perlenfieber gepackt. Wir zogen die Taucherausrüstungen an und sprangen ins Wasser.
Käpten Nemo begleitete uns am Riff vorbei zu einer Unterwasserhöhle.

Hier lag eine verborgene Muschel von gigantischer Größe.
Vorsichtig öffnete der Käpten sie und zeigte uns die Perle im Inneren. Dann schloss er die Muschel wieder.
„Käpten, warum haben Sie die Perle nicht mitgenommen?“, wollte Ned Land wissen. „Sie ist ein Vermögen wert!“
„Ja, das ist sie sicher, aber ich will sie nicht besitzen“, erklärte Nemo. „Jedes Mal, wenn ich zurückkomme und mir die Perle ansehe, ist sie noch größer und schöner. Es reicht mir, sie anzusehen.“
Wir verließen die Höhle und sahen noch einen anderen Perlentaucher.
In dem Moment tauchte vor dem Perlentaucher ein gewaltiger Hai auf. Rasiermesserscharfe Zähne blitzten gefährlich in seinem Maul auf.
Der Hai schwamm direkt auf den Taucher zu und versetzte ihm einen Schlag mit der Schwanzflosse. Bewusstlos sank der Taucher zu Boden.
„Wir müssen ihm helfen!“, forderte Käpten Nemo.
Mutig stellte er sich dem Hai entgegen. Doch der Hai war stark und ließ sich nicht so einfach von seiner Beute abbringen.
Ned Land kam dem Käpten zu Hilfe.

Ned setzte mit gekonntem Schwung die Harpune in die Unterseite des Haies. Ernsthaft verletzt, zog sich dieser zurück. Die Gefahr war erst einmal vorüber ...

Conseil hatte sich in der Zwischenzeit um den verletzten Taucher gekümmert. Ganz alleine hatte er es geschafft, ihn an die Wasseroberfläche zu ziehen und war nun gerade damit beschäftigt, den bewusstlosen Taucher in unser kleines Ruderboot zu heben.

Es dauerte eine Weile, bis der Taucher wieder zu sich kam und die Augen aufschlug. Unsere Freude war übergroß, wir hatten einem Menschen das Leben gerettet.

Auch der Taucher war überglücklich, dass er nur mit dem Schrecken davongekommen war.

Wir ruderten zu seinem Boot und setzten ihn ab.

Käpten Nemo schenkte ihm zum Abschied einen Beutel wertvoller Perlen und wir kehrten zur Nautilus zurück.

Aus diesem Käpten Nemo wurde ich nicht schlau: Einerseits war er sehr hart zu uns und sah uns als seine Gefangenen an, andererseits schien er ein weiches Herz zu haben. Einem solch eigenartigen Menschen war ich noch nie zuvor begegnet ...

Mit einem schrillen Pfiff wurde ich aus meinen Überlegungen gerissen. Das war das Signal zur Weiterfahrt!

Von Ceylon aus kreuzten wir über die Meere, vorbei an vielen Küsten, aber sie lagen immer viel zu weit weg, so dass eine Flucht nicht möglich gewesen wäre.
Nun erreichten wir den Atlantik.
Ein Matrose klopfte an meine Tür und ließ mich wissen: „Der Käpten erwartet Sie im Salon!"
Dort traf ich Käpten Nemo vor dem großen Bullauge. Hier, im glasklaren Wasser des Atlantiks, hatten wir gute Sicht auf den Meeresgrund.
Vor uns lag das Wrack einer uralten Galeone. Im Sand standen zwei Schatztruhen, die hier schon seit Jahren auf ihre Entdeckung gewartet haben müssen. Sie waren völlig morsch.
Darum packten Nemos Männer den Inhalt der Truhen in Körbe, damit nichts vom Schatz verloren ging.
„Es ist nicht erlaubt, diese Schätze zu behalten, doch das interessiert mich nicht", gestand der Käpten. „Ich bezahle damit meine Forschungsarbeit und die ist um ein Vielfaches wertvoller, als das bisschen Gold, das ich hier einsammele", erklärte er. „Nur mit meiner Nautilus ist man in der Lage, wahre Schätze zu finden. Ich zeige es Ihnen, Professor!"

Die Nautilus setzte die Fahrt fort. Immer noch standen wir zusammen und schauten hinaus in die Unterwasserwelt.
Auf einmal war der Meeresboden weg, wie abgeschnitten, und eine tiefe Schlucht lag vor uns.
„Die Nautilus klar zum Tieftauchen machen!“, gab Nemo den Befehl durch ein Sprechrohr an seine Mannschaft.
Was hatte er vor? Ich beobachtete die Messinstrumente und sah, wie tief wir bereits waren. Wir tauchten immer noch tiefer und der Nautilus schien das überhaupt nichts auszumachen. Nemo hatte also diese Maschine so konstruiert, dass sie dem hohen Wasserdruck, der in solchen Meerestiefen herrschte, standhielt. Einfach unglaublich!
Urplötzlich wurden die Nautilus und wir kräftig durchgeschüttelt. Wir sanken noch tiefer, mit rasender Geschwindigkeit, wie in einem Sog.
Ich muss zugeben, dass ich bei dem Gedanken, dass gleich alles auseinander brechen könnte, mehr als ängstlich wurde ...
Die Nautilus und wir mit ihr beruhigten uns wieder.
Was ich da vor uns sah, war wie ein Traum – eine versunkene Stadt.
„Tja, Professor, das ist sie, die sagenumwobene, versunkene Stadt – Atlantis!“, sagte der Käpten stolz.
Es gibt sie also wirklich! Ich konnte das alles noch nicht fassen ...

Leider konnten wir nicht lange bleiben. Die Nautilus musste, um weiterfahren zu können, so schnell wie möglich Kohle nachladen. Daher nahmen wir Kurs auf eine unbekannte Insel.

Im Inneren eines erloschenen Vulkans tauchte das Unterseeboot auf. Hier gab es eine große Kohlengrube und die komplette Mannschaft war damit beschäftigt, die Kohle an Bord der Nautilus zu schaffen.

„Das ist die Gelegenheit für einen neuen Fluchtversuch", dachte ich und weihte Conseil und Ned ein: „Was meint ihr, sollen wir es noch einmal versuchen?"

Auch die beiden waren nicht länger bereit, ihre Zeit nur auf der Nautilus zu verbringen. Heimlich nahmen wir das kleine Ruderboot und machten uns davon.

„Jetzt müssen wir nur noch aus dem Krater des Vulkans heraus", meinte ich. „Wie denn?", fragte Ned Land. „Wir klettern einfach die Wand hinauf!", antwortete ich.

Conseil schüttelte ungläubig den Kopf: „Ich glaube, das klappt nicht."

Trotzdem versuchten wir es. Doch Conseil sollte Recht behalten: Die Kraterwand war einfach zu steil. Erschöpft mussten wir aufgeben.

„Kommt, schnell wieder zurück. Vielleicht hat noch keiner was gemerkt", forderte ich die anderen auf. Kaum an Bord, ertönte das Signal zur Weiterfahrt ...

„Unser nächstes Ziel ist der Südpol“, verkündete Käpten Nemo.

Ich erschrak. „Aber das ist Wahnsinn! Das hat noch niemand versucht!“
„Eben drum!“, erwiderte der Käpten knapp.
Nach Tagen unter Wasser versuchten wir schließlich aufzutauchen, aber das Eis des Südpols versperrte uns den Weg.
Käpten Nemo ließ sich davon nicht abhalten. Er ließ die Nautilus mit voller Kraft gegen die Eisdecke an der Wasseroberfläche rammen. Der Käpten war wie von Sinnen und offenbar war es ihm völlig gleichgültig, ob wir dabei unser Leben verlieren würden.
Der Aufprall verursachte eine solche Erschütterung, dass alles an Bord durcheinander fiel. Aber es war geschafft, die Nautilus brach endlich durch die Eisdecke und tauchte auf.
Nemos Augen glänzten. „Da sind wir, das ist das Herz des Südpols! Wir sind die ersten Menschen, die diesen Boden – äh – dieses Eis betreten.“
Conseil und ich folgten Käpten Nemo über das Eis. Er trug voller Stolz eine Fahne mit dem großen „N“ für Nemo vor sich her und rammte die Fahnenstange ins Eis.
Damit war der Südpol erobert – von uns!

Die Eiseskälte und der scharfe Wind, der hier herrschte, trieben uns schnell wieder zurück zur Nautilus und Käpten Nemo setzte sofort zur Weiterreise an. Wir tauchten ab und etwas völlig Unvorhergesehenes passierte. Irgendetwas muss an der Steuerung der Nautilus nicht funktioniert haben, denn wir fuhren unter Wasser in einen Eisberg und saßen fest ...

Nun drohte das Gewicht des Eisberges die Nautilus zu zerdrücken, es zählte jede Minute!

Jeder wurde in einen Taucheranzug gesteckt und musste bei der Befreiung der Nautilus mithelfen. Doch so sehr wir uns auch mühten, wir bekamen die Nautilus nicht frei. Der Käpten ließ alle Männer an Bord kommen. Dann gab er den Befehl, Strom auf die Außenwand der Nautilus zu leiten.

Überall fingen die Lichter an zu flackern, weil sie nicht mehr genug Strom bekamen und schließlich ging das Licht ganz aus.

Stockfinster war es jetzt um uns herum, nur das Dröhnen der Motoren war zu hören und die Angst wuchs in jedem von uns. Würden wir es schaffen? Wenn nicht, müssten wir alle sterben ...

Plötzlich gab es einen kräftigen Ruck. Die Nautilus hatte sich aus dem Eisberg gelöst und schnellte an die Wasseroberfläche. Der Strom auf der Außenwand muss durch die Reibung so viel Wärme erzeugt haben, dass sich das Unterseeboot regelrecht freischmelzen konnte.

Wir waren gerettet ...

Käpten Nemo ließ gleich sein nächstes Ziel ansteuern. Wir nahmen einen nördlichen Kurs ein und kreuzten jetzt über den Pazifik.
Conseil und ich saßen zusammen mit Käpten Nemo im Salon vor dem großen Bullauge. Auf einmal sahen wir drei riesige, rote Tiere, die bedrohlich nah kamen.
Käpten Nemo rief aufgebracht: „Riesenkraken!"
Er hatte das Wort noch nicht ganz ausgesprochen, da kam ein Matrose zu uns gerannt: „Ein Riesenkrake hat sich um unsere Schiffsschraube geschlungen. Wir können nicht mehr steuern. Was sollen wir tun?"

„Ich komme!", rief Käpten Nemo, schnappte sich eine Axt und lief zur Hauptluke. Ned Land folgte mit einer Harpune. Conseil und mir rief er zu: „Bleibt hier. Das ist selbst für erfahrene Seemänner ein gefährlicher Kampf!"
Einer der Riesenkraken drohte mit seinen mächtigen Tentakeln die Nautilus zu zerdrücken. In diesem Augenblick stach Ned zu. Die Harpune blieb stecken, was den Kraken erst recht wütend machte. Er bäumte sich auf und schlug mit seinen Tentakeln immer wieder auf die Nautilus ein.
Die Männer mussten sehr vorsichtig sein, um nicht getötet zu werden. Denn einmal in den Fängen einer dieser Riesenkraken, war man für immer verloren ...

Und dann geschah es: Einer der Riesenkraken fasste Ned Land mit einer Tentakel und riss ihn von der Nautilus weg. Käpten Nemo zögerte nicht lange. Mit einem kräftigen Schlag trennte er den Arm des Kraken ab. Ned war gerettet. Doch damit war der Kampf noch nicht gewonnen ...

Ned schaffte es mit Hilfe von Käpten Nemo auf die Nautilus zurück.

„Alle Mann nach unten!“, kommandierte Nemo. Und jeder befolgte den Befehl so schnell er konnte. Der Käpten ließ wieder den Strom auf die Außenwände der Nautilus leiten und hatte Erfolg. An den stromgeladenen Metallwänden der Nautilus hatten die Kraken bald kein Interesse mehr und verschwanden in der Tiefe des Meeres.

Ich hatte jetzt endgültig genug von all den schrecklichen Gefahren. Deshalb ging ich am Abend zu Käpten Nemo in dessen Arbeitszimmer. „Käpten! Conseil, Ned Land und ich wollen nach Hause. Bitte lassen Sie uns frei.“

Der Käpten blickte mich ernst an: „Nein, das kann ich nicht zulassen. Kein Mensch weiß von mir und meiner Erfindung und so soll es auch bleiben. Deshalb werden Sie, lieber Professor, und Ihre Freunde für immer an Bord der Nautilus bleiben ...“

Widerspruch fand beim Käpten kein Gehör, so viel hatte ich schon gelernt, also sagte ich besser nichts mehr und hoffte still auf eine Fluchtmöglichkeit ...

In jener Nacht gab es ein schreckliches Unwetter. Die Blitze zuckten am Himmel, die Wellen waren meterhoch und der Wind blies mit Orkanstärke.
Der Zusammenstoß mit den Riesenkraken war nicht ohne Folgen geblieben. Das Ruder der Nautilus war beschädigt und es war viel zu gefährlich für eine Unterwasserfahrt. Eine Reparatur bei einem solchen Wetter war ausgeschlossen, daher kämpften wir uns mit sehr langsamer Fahrt durch das aufgewühlte Meer.
Käpten Nemo und ich hielten Ausschau, ob keine weitere Gefahr drohte.
Keine zwei Stunden später tauchte ein Schiff vor uns auf. Sollte das unsere Rettung sein?
Das Gewitter war vorüber und der Sturm hatte sich gelegt. Doch wir hörten wieder einen Donner. Das gleichzeitige Blitzlicht am Bug des Schiffes verriet uns, dass man auf uns schoss.
Sofort wurden die Lichter der Nautilus ausgeschaltet. Aber schon wieder wurde ein Schuss in unsere Richtung abgegeben.
Durch den Ruderschaden war die Nautilus viel zu langsam, um entkommen zu können. Was würde Käpten Nemo also tun?
Er ließ doch abtauchen, denn unsere einzige Chance war der Angriff!

Die Nautilus wurde auf Kurs gebracht. Der Käpten passte genau auf, dass sie nicht zu weit unter die Wasseroberfläche geriet. Dann ließ er das Schiff mit voller Kraft längsseits rammen.
Die Nautilus überstand das Manöver ohne weiteren Schaden und tauchte auf.
Das Schiff hingegen hatte schwere Schlagseite. Es sank in nur wenigen Minuten und mit ihm ging die ganze Mannschaft unter ...

So viele Menschen hatten ihr Leben verloren und ich klagte den Käpten an: „Warum haben Sie das getan?“

„Professor, auf See herrschen raue Gesetze“, antwortete er ganz ruhig. „Entweder die oder wir ...“ Da war sie wieder, seine Unbarmherzigkeit, die mich frösteln ließ.

Der Käpten setzte sich an seine Orgel und spielte. Jetzt konnte man ohnehin nicht mehr mit ihm reden, also verließ ich ihn und suchte Conseil und Ned.

„Dieser Käpten ist auf dem besten Wege, verrückt zu werden“, stellte ich fest. „Oder wie seht ihr das?“

„Wir sollten hier schleunigst verschwinden, das ist meine Meinung“, gab Ned zurück.

„Nur wie?“, überlegte Conseil.

„Wir nehmen wieder das Ruderboot“, schlug Ned vor. „Ich mache auf gar keinen Fall mehr eine Tauchfahrt mit und wenn ich Tage rudern muss, um Land unter meine Füße zu bekommen ...“

Wir waren uns also einig – wir wollten fliehen!

Mit etwas Proviant stiegen wir in das kleine Ruderboot und machten uns heimlich davon.
Wir hatten uns schon ein gutes Stück von der Nautilus entfernt, da hörten wir die Mannschaft der Nautilus schreien: „Maelström! Maelström!“
So heißt der schrecklichste Strudel in Norwegen, der alles mit sich in die Tiefe reißt. Für die Nautilus gab es kein Entrinnen. Sie versank in den Fluten ...

Zum Glück waren wir bereits außer Reichweite, so dass wir nicht von diesem Strudel erfasst wurden.
Wir ruderten und ruderten. Es schien aussichtslos, doch mit letzter Kraft gelang es uns, die norwegische Küste zu erreichen ...
Ein Fischer fand uns und nahm uns in seiner Hütte auf. Mit Decken, einer heißen Suppe und der Wärme durch das Kaminfeuer ging es uns bald besser.
Endlich waren wir in Sicherheit und unsere Abenteuerreise war zu Ende: Wir hatten insgesamt 20.000 Meilen zurückgelegt, Dinge entdeckt, die, außer Käpten Nemo und seiner Mannschaft, noch nie ein anderer Mensch zuvor gesehen hatte.
Von Käpten Nemo und seinem Unterseeboot hat niemand je wieder etwas gehört.
Aber wer weiß? Vielleicht durchstreift die Nautilus noch immer die Weltmeere auf ihren Reisen unter dem Meer ...

Ende

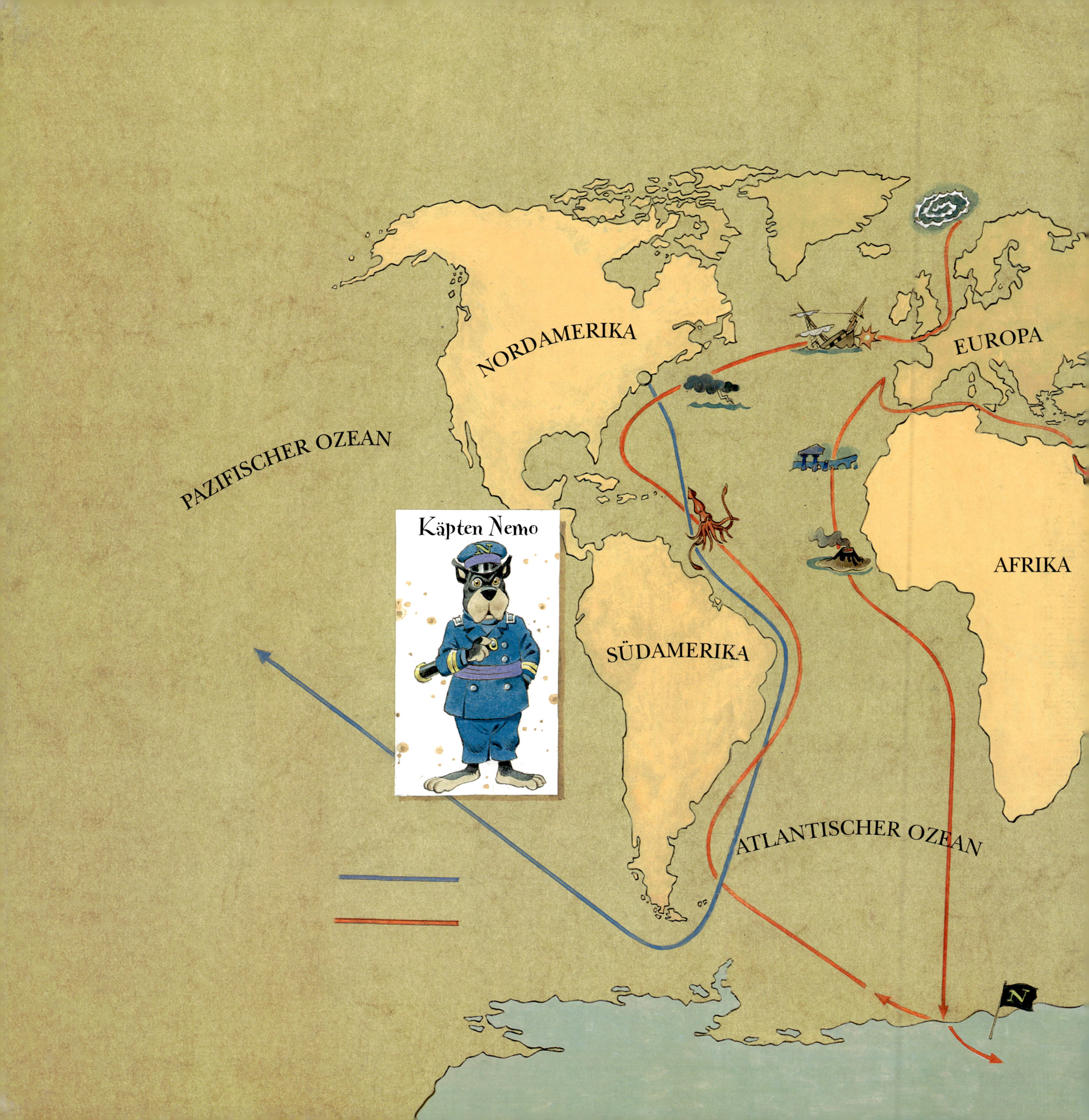
Käpten Nemo
NORDAMERIKA
EUROPA
PAZIFISCHER OZEAN
AFRIKA
SÜDAMERIKA
ATLANTISCHER OZEAN